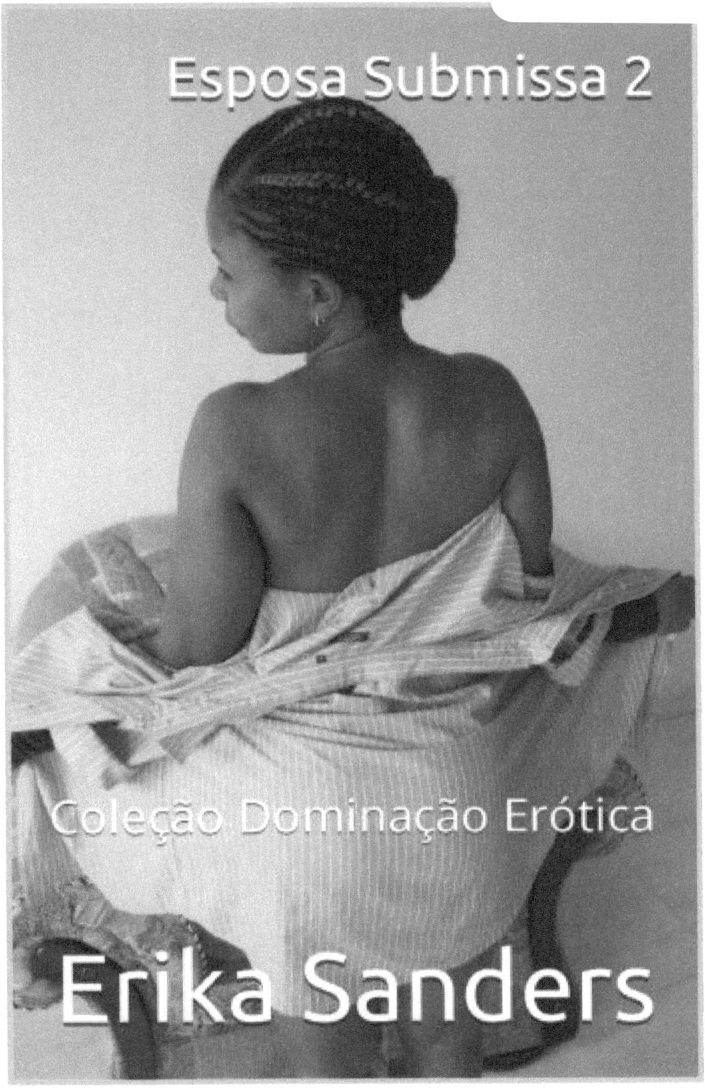

Esposa Submissa 2

Coleção Dominação Erótica

Erika Sanders

Esposa Submissa 2
Erika Sanders

Coleção Dominação Erótica Vol. 16

Sinopse

Uma esposa e mãe branca finalmente decide saciar sua fantasia mais profunda, antiga e perversa com uma garota negra...

Esposa submissa 2 é uma história com forte conteúdo BDSM erótico e, por sua vez, também pertencente à coleção Erotic Domination, uma série de romances com alto conteúdo BDSM romântico e erótico.

(Todos os personagens têm 18 anos ou mais)

Nota sobre a autora:

Erika Sanders é uma escritora conhecida internacionalmente, traduzida em mais de vinte idiomas, que assina seus escritos mais eróticos, longe de sua prosa habitual, com seu nome de solteira.

Índice:

ESPOSA SUBMISSA 2
ERIKA SANDERS

CAPÍTULO I

Cuidadosamente coloco meus filhos na cama, puxando os cobertores sobre seus ombros e dando um beijo de boa-noite em suas testas. Puxa, eles parecem esses anjos deitados lá adormecidos. Eu fico acima deles por um momento observando seus rostos pacíficos e começo a invejá-los. Suas vidas são tão simples neste momento, não como a minha. Oh, eu os invejava.

Desligando a lâmpada, fecho lentamente a porta atrás de mim, tomando cuidado para não fazer barulho. Descendo o corredor, chego ao meu quarto, onde meu marido maravilhoso dorme profundamente. Suspiro contente com a visão, tão feliz por ter um homem como ele. Eu realmente tenho a sorte de ter a família que tenho. Ter uma casa assim, um carro maravilhoso e um bom emprego. No entanto... Sempre faltou algo. Algo que eu ansiava secretamente por muito, muito tempo. Algo que eu não posso continuar sem tentar pelo menos uma vez.

Com os sentimentos mais culpados, tiro minha bolsa do criado-mudo e fecho cuidadosamente a porta do quarto. Faço o mínimo de barulho possível enquanto me aproximo da frente da casa. É preciso muita coragem para girar esse botão, mas eu faço.

Durante vinte minutos eu dirijo pela cidade. Mesmo sabendo para onde estou indo, ainda me sinto perdido. Este é um grande passo que estou dando. Até agora estava tudo em minha mente. Meus sonhos, minhas fantasias. Tudo guardado com segurança na parte de trás do meu cérebro distorcido desde o ensino médio. Quando 'Ela' colocou pela primeira vez lá.

Eu estava deixando minha família para trás, mesmo que brevemente, para finalmente realizar os desejos daquele dia há muito tempo.

Virando a esquina, eu os vejo instantaneamente. Jovens mulheres mal vestidas da noite andando para cima e para baixo na rua. Branco, asiático, negro ou hispânico. Todos competindo pela atenção dos vários carros escuros que passavam ao longo de seus lados. Eu permaneço na esquina, meu carro parado enquanto olho para as mulheres, procurando aquela que estou aqui para ver.

"Última chance", eu sussurro para mim mesma. Eu ainda não tinha que fazer isso. Por mais que minha boceta estivesse implorando para empurrar o carro para frente, meu cérebro estava implorando para eu virar o volante. Voltar para meus filhos, meu marido, minha casa. Para ser uma mulher normal que não precisava representar suas fantasias de encharcar a calcinha.

Eu poderia ter realmente escutado meu cérebro se não a tivesse visto um momento depois. A tez escura da garota que eu viera ver era inconfundível. A garota que eu estava vendo andar por essas ruas por quase um mês. A garota negra que eu escolhi para abusar do meu corpo esta noite como a garota negra do ensino médio nunca fez.

Desligando meu cérebro, meu pé pressiona o acelerador. Virando a esquina, aproximo o carro cada vez mais. Eu podia ver claramente que ela estava vestindo sua roupa típica de rua. Saia micro abraçando sua bunda, top rosa apertado revelando cada curva e protuberância de seus seios e, claro, aqueles saltos altos vermelhos brilhantes.

Estou quase em cima dela quando ela finalmente se vira na minha direção e percebe o SUV verde rolando ao lado dela. Pressionando totalmente os freios, o carro para assim que ela bate na janela do passageiro. Com uma última respiração profunda, eu a pressiono.

Eu posso ver o olhar de surpresa quando ela vê quem é o motorista, claramente não esperando uma mulher. Ela leva um momento para olhar para o banco de trás para ver se há mais alguém, então olha para mim.

"Procurando um bom tempo esta noite Sra?"

Eu timidamente aceno com a cabeça, nervosa demais para saber mais o que fazer.

Ela casualmente abre a porta destrancada e entra. Estou surpreso que eu realmente cheguei tão longe, tendo uma prostituta dentro do meu carro. A única questão que resta saber é se ela realmente faria o que eu pedir uma vez que eu dissesse a ela. Se ela pode olhar além da natureza estranha do meu pedido e satisfazer o que eu desejo dela.

"Aqui ou em algum outro lugar?"

Eu olho para ela estupidamente, mentalmente tonto demais para reagir à sua pergunta.

"Você quer colocar sua aberração no carro ou em algum outro lugar?"

"Outro lugar." Eu sussurro, ganhando um pouco meus sentidos.

"Ok, mas você está pagando pelo quarto também."

Concordo com a cabeça, em seguida, permito que ela me direcione alguns quarteirões até chegarmos a um complexo de motel de aparência modesta. O tempo todo que estou dirigindo, posso vê-la olhando para mim com o canto do olho. Eu posso dizer que ela está tentando me entender e descobrir que jogo eu posso estar jogando. Por que essa mulher branca de aparência normal em um SUV estaria solicitando serviços de uma garota como ela?

Enquanto ela esperava do lado de fora, entrei no saguão para conseguir um quarto. O cara deve ter visto o quão nervoso eu estava quando minha mão trêmula sinalizou para o quarto e pegou a chave dele. Felizmente ele não se incomodou em perguntar sobre meus problemas.

CAPÍTULO II

O quarto nº 05 era o que ele havia me dado. A garota estava esperando bem ali ao meu lado enquanto eu me atrapalhava para destrancar a porta. A essa altura, ela havia perdido sua curiosidade anterior sobre mim e estava esperando impacientemente que eu acabasse com tudo. Por um breve momento, considero recuar, questionando a loucura de minhas ações. O que eu estava fazendo aqui? Eu realmente precisava dessa mulher negra para satisfazer minha fantasia mais profunda, mais antiga e mais perversa? A masturbação já não era boa o suficiente?

Antes de abrir a porta, olho para trás uma última vez e vejo seu lindo rosto preto. Não, a masturbação não faria mais isso por mim.

Eu estava sempre tão nervoso enquanto ela estava sentada na cama em silêncio, me estudando, tentando descobrir se eu era legítimo ou tão louco quanto eu soava. Eu não conseguia parar de me mexer enquanto ela olhava para mim do canto da cama, me fazendo sentir como uma tola. Quem pergunta essas coisas? Isso estava errado.

"Você quer que eu faça o que?"

Eu sabia que ela não iria entender imediatamente. É tão complicado, mas tão infantil.

"Eu... quero que você... (eu tomei outro gole aguado) ... Domine-me!"

Mais uma vez ela olhou para mim, provavelmente tentando formar uma imagem do meu absurdo em sua mente. Não estava se formando rápido o suficiente.

"Bem, como como?"

Puxa, eu esperava que ela não fizesse muitas perguntas. Eu apenas pago a ela e ela me dominaria. O que é tão difícil de entender?

"Eu quero que você me trate... como... (prendi a respiração)... sujeira!"

Um sorriso surgiu em seu rosto jovem e bonito. Um sorriso que me dizia que ela gostava do que estava ouvindo, mesmo que fosse tão estranho. Então o sorriso se transformou em um de maior curiosidade.

"Por que"

"Oh, por favor, devemos discutir isso? Estou disposto a pagar..."

"Senhora, não é todo dia que uma mulher branca de aparência elegante com um SUV me pede para tratá-la como lixo. Qual é o problema?"

Apanhar? Esta menina quer saber se há uma pegadinha? Ela não pode simplesmente dizer sim? Ela não pode simplesmente concordar em me punir como aquela vadia negra do ensino médio deveria ter feito?

"Ou você me diz para que você realmente está aqui, ou eu vou embora!"

Com isso ela se levantou e foi para a porta.

"AGUARDE!" Eu chorei atrás dela. Eu não cheguei tão perto apenas para ser negado. "Por favor, não vá."

Ela se virou e olhou diretamente para mim.

"Eu... tenho isso... fantasia..."

"Sim?....."

"É sobre uma garota que eu conheci no ensino médio. Uma garota negra."

"Prossiga!" Ela levantou uma sobrancelha de curiosidade enquanto eu baixei meu olhar para o chão vergonhosamente.

"Bem, ela e eu... bem... nunca nos demos bem. Você vê que ela era uma das poucas garotas negras da escola na época e bem, minhas amigas e eu zombávamos dela incessantemente."

"Isso não soa muito legal de sua parte." Ela agora parecia um pouco perturbada.

"Sim, bem... isso é o que as meninas fazem com os outros que não se 'encaixam.'"

"Você não tem que me dizer senhora. Eu cresci ouvindo as merdas que vocês mulheres brancas dizem pelas nossas costas."

Um arrepio subiu pela minha espinha com essas palavras. Eu estava ficando um pouco preocupado que eu pudesse ofendê-la. No entanto, o olhar em seus olhos me disse que era melhor eu continuar me explicando.

"Eu... eu acho que posso ter sido a pior para ela. Eu sempre fui uma das primeiras garotas a começar algo, tirando sarro de seu cabelo, suas roupas, seu rosto, seu passado..."

"E ela simplesmente pegou? Ela nunca tentou se vingar de você?" Eu definitivamente podia sentir a raiva em sua voz.

"Não, nunca. Até um dia."

A jovem prostituta lentamente fez seu caminho de volta para a cama onde ela estava sentada na beirada, agora aparentemente pronta para descobrir a verdadeira razão pela qual nós dois estávamos aqui. Ela olhou para mim com interesse renovado.

"Aconteceu em um dia em que eu fui particularmente desagradável com ela. Meus amigos e eu simplesmente não podíamos deixá-la sozinha em uma de nossas aulas e eu poderia dizer que ela estava infeliz e com raiva de nós por isso. Eu estava, eu não pensei em quão furioso nós estávamos realmente deixando ela. Eu deveria ter previsto, mas eu simplesmente não estava preparado para o que ela planejou depois da escola."

Eu podia ver que ela agora estava muito interessada na minha história.

"Geralmente, meus dois melhores amigos e eu íamos para casa pelos campos nos fundos da escola. Morávamos não muito longe de lá e geralmente era uma caminhada bastante rápida. Acho que ela sabia que passaríamos por lá novamente naquele dia. ."

"E? Ela finalmente te ensinou uma lição de vadia?"

Outro arrepio percorreu meu corpo. Eu sabia qual era a resposta para sua pergunta. Eu pensei nisso por toda a minha vida adulta.

"Não, ela não fez!"

A prostituta ficou ali sentada olhando para mim, esperando mais explicações.

"Mais tarde naquele dia, quando dobramos a esquina da escola, ela surpreendeu nós três por trás. Tudo o que ouvi foi meu nome sendo gritado, e quando terminei de me virar, uma mão negra me atingiu com FORÇA na minha Eu vi olhares enquanto cambaleava para trás. A próxima coisa que eu sabia era que estava sendo empurrada com força contra uma parede, o rosto dela a centímetros do meu. Ambos os meus amigos estavam encolhidos de joelhos, suas bochechas vermelhas também.

Um sorriso desafiador foi de orelha a orelha na prostituta negra, obviamente aprovando as ações tomadas até então pela heroína negra em minha história.

"Eu tentei lutar com ela, afastá-la de mim. Mas depois de vários outros tapas, eu tinha lágrimas nos olhos e estava totalmente impotente. Quando senti seus dedos em volta do meu pescoço, minha atenção era completamente dela."

"O que mais ela fez?"

"Não muito mais fisicamente. Ela simplesmente segurou meu pescoço com força em sua mão enquanto me repreendia. Amaldiçoando meus amigos e eu, nos chamando de nomes horríveis e horríveis."

"Diga-me como ela chamou vocês, meninas."

"Ela... nos chamou... Vadias Racistas Brancas Estúpidas!

A prostituta assentiu com aprovação. Eu só sabia que meus cheques estavam vermelhos de vergonha.

"No momento em que ela terminou de gritar, ela tinha certeza absoluta de que eu NUNCA mais a incomodaria novamente. Soltando meu pescoço de seu aperto, caí de joelhos, onde ela cuspiu em mim antes de passar por meus amigos.

"E?"

"E eu nunca a incomodei novamente."

Eu podia ver o olhar de decepção em seus olhos. Ela, como eu, claramente esperava que houvesse mais na história.

"Então me diga senhora. Por que nós dois estamos neste quarto de motel esta noite?"

"Porque... bem... quando eu caí de joelhos, meu... quero dizer... eu estava... molhada!" Ela apenas continuou olhando para mim, sem uma mudança em sua expressão. "E... meus mamilos estavam... duros!" Ainda nenhum olhar de mudança em seu rosto. "Desde então, tudo que eu sempre pensei foi naquele dia. Seus dedos em volta do meu pescoço com seu rosto a centímetros do meu, sua voz batendo em meus ouvidos, meus amigos em lágrimas no chão. Puxa, ela parecia tão poderosa, tão dominante sobre mim. Eu me senti tão fraco, tão patético, tão... impotente diante dela. Desde que eu sonhei, não... me masturbei com os pensamentos de e se. E se ela tivesse decidido realmente me ensinar um "Lição por ser uma... 'vadia branca racista estúpida'? E se ela tivesse me punido como eu fantasiei todos esses anos? E se? É por isso que estou aqui com você esta noite."

Olhei suplicante para ela, ofegante do derramamento de palavras emocionais que eu tinha acabado de dar. No entanto, seu rosto o tempo todo permaneceu inalterado, impassível.

CAPÍTULO III

Por um minuto nós dois nos encaramos. Eu estava ficando muito nervoso. Certamente ela deve pensar que eu sou louco. Certamente ela deve perceber a natureza perversa do meu pedido. Que mulher gostaria que outra abusasse dela, negra ou branca, por dinheiro ou de graça?

Finalmente um sorriso apareceu em seu lindo rosto.

"Tire sua blusa."

Prendi a respiração por um momento. Ela só queria que eu tirasse? Isso significava que ela estava realmente concordando em fazê-lo?

O olhar severo em seu rosto instintivamente trouxe minhas mãos até meus botões. O tempo todo que eu estava desabotoando tudo que eu podia fazer era olhar para ela, tentando obter uma dica do que ela estava pensando. Minha blusa caiu e caiu aos meus pés no chão. Seus olhos imediatamente centrados no meu peito coberto de sutiã.

"Remova."

Com um suspiro elétrico, estendi a mão para trás e desabotoei meu sutiã por trás, puxando-o para frente e deixando meus seios brancos e pálidos caírem livremente. Instantaneamente um sorriso malicioso apareceu em seu rosto enquanto ela olhava o tamanho dos meus seios. Pela primeira vez desde o colegial, eu estava me sentindo impotente diante de uma mulher negra.

Deixei o sutiã cair das minhas mãos.

Sem tirar os olhos do meu peito, ela se levantou da cama e se moveu lentamente para onde eu estava. A essa altura eu estava nitidamente tremendo diante dela.

Um gemido escapou dos meus lábios quando suas mãos quentes e macias envolveram ambas as esferas carnudas. Admito livremente o quão bom foi ser acariciado dessa maneira delicada. Fechando meus olhos eu passivamente fiquei lá enquanto eu a deixei brincar com eles, sentindo seus dedos vagando, antes de encontrar o caminho para o centro de cada seio, para os mamilos duros como rocha que eu sabia que estavam implorando por atenção. Puxa, eu precisava disso. Mesmo sem as fantasias, eu precisava tanto.

"Quatrocentos dólares.' Abri os olhos e olhei para ela.

Eu tinha quase esquecido dessa parte, a negociação. Enquanto seus dedos apertavam cada mamilo, eu não estava em posição de discordar de seu preço. Entorpecida, eu balancei a cabeça.

"Você é louco, você sabe disso?"

Novamente eu acenei com a cabeça entorpecida. Eu certamente estava.

Soltando meus mamilos, ela caminhou de volta para a beirada da cama e retomou seu assento sobre ela.

"Primeiro você paga! Eu não quero que você reclame depois que eu fui muito duro com você."

Eu rapidamente fiz meu caminho até minha bolsa do outro lado da sala. Eu queria que isso começasse o mais rápido possível. Enquanto eu movia meus seios balançavam bastante cômico eu tenho certeza. Abaixando, peguei minha bolsa da cadeira e a abri, tirando quatro notas de cem dólares. Caminhando de volta até ela, ela os pegou da minha mão.

"Você sabe que eu nunca vou entender vocês, mulheres brancas", ela disse zombeteiramente enquanto segurava as notas contra a luz, verificando se eram reais. "sempre agindo como se você fosse o topo do pool genético." Ela colocou as notas em seu top, entre seu decote escuro. "só para aparecer aqui implorando pra chegar..."

Ela fez uma pausa no meio da frase, pela primeira vez percebendo o tremor do meu corpo. Ela podia ver o quão nervoso eu realmente estava.

"Você tem certeza de que quer fazer isso?" Ela perguntou, pela primeira vez com uma pitada de compaixão. Eu suplicante balancei a cabeça, olhando-a diretamente nos olhos. Eu precisava disso mais do que ela sabia.

Com um suspiro de indiferença, ela me disse para colocar as mãos atrás da cabeça. Meu estômago estava realmente sacudindo com minhas tentativas fracassadas de respirar normalmente. Estava finalmente, realmente acontecendo. Todas as minhas fantasias, todos os meus sonhos, eu finalmente iria vivê-los.

Com minhas mãos cruzadas acima do meu pescoço, meus seios se ergueram em direção a ela.

"Implorar!"

Eu pisco várias vezes para ela. Implorar? Mas... mas eu estava pagando a ela?

"Por favor, não me obrigue." Eu choraminguei, percebendo o quão mais embaraçoso seria fazer isso.

"Sem implorar, sem brincar!"

Olhei de volta para o rosto dela, uma pequena lágrima se acumulando no meu olho direito.

"Por favor... Senhora, você... você..."

"MISTRESS? HAH, ninguém nunca me chamou assim antes. Eu gosto, diga de novo!"

"Por favor, senhora, você gentilmente... me punirá?" Olhei para o meu peito para os dois orbes brancos balançando. Os mesmos dois orbes que meu marido adora acariciar e acariciar. Os mesmos seios de que sempre me orgulhei. Os mesmos dois peitos que eu estava oferecendo agora nas mãos de uma prostituta negra de vinte e poucos anos.

"Punir o que senhora? O que você gostaria que eu punisse?"

Não havia mais razão para esconder pretensões. Eu estava pagando a ela para abusar do meu corpo, e era hora de dizer a ela para fazer exatamente isso.

"Meus peitos, senhora! Por favor, castigue-os!"

Ouvi uma risadinha escapar de seus lábios.

"Mas são coisas brancas tão bonitas. Por que você quer deixá-las todas vermelhas e doloridas?"

"Por favor, apenas machuque-os!" Eu não podia acreditar que eu estava realmente implorando tanto por isso. Ela não tinha quatrocentos dólares em seu top por seu problema?

"Não até que uma linda senhora branca me diga por que ela quer uma prostituta negra para bater em seus peitinhos fofos!"

"Porque porque..."

"Porque?"

"PORQUE EU SOU UM BRUTO BRANCO RACISTA ESTÚPIDO!"

(TAPA!)

As palavras simplesmente fluíram da minha boca magicamente. Eu nem pensei que tinha coragem de dizê-las. No entanto, no momento em que o fiz, um suspiro rapidamente escapou dos meus lábios quando ela atingiu meu seio esquerdo com a palma da mão aberta, totalmente despreparada para a dor aguda que surgia no meu cérebro. Ela fez uma pausa, permitindo que meus seios terminassem de balançar no meu peito. Sempre soube que os seios eram sensíveis, mas...

(WHACK)

Desta vez, meu seio direito balançou quando eu mordi meu lábio inferior.

"Por favor mais!" eu resmunguei.

(SLAP)....(SLAP)

O seio esquerdo e depois o direito balançaram quando ela deu dois golpes igualmente fortes. Eu instintivamente deixei cair minhas mãos sobre meus seios trêmulos, trazendo-os para o meu peito. Eu tentei esfregar a dor deles, mas eles ainda doíam dolorosamente. Minha atormentadora paga sentou-se pacientemente até que eu novamente coloquei minhas mãos atrás da minha cabeça, oferecendo meus seios avermelhados por mais de sua punição.

"É isso que deveria acontecer com vadias brancas racistas quando cruzam com mulheres negras? Seus peitos brancos grandes deveriam levar um tapa para lhes ensinar uma lição?"

Eu acenei com a cabeça entorpecida.

(SLAP)(SLAP)(SLAP)(SLAP)

Eu gemi dolorosamente quando meus joelhos ficaram fracos. Eu me esforço para permanecer de pé com as mãos atrás de mim. A dor era irreal, mas cara, eu já me senti tão viva!

(SLAP)(SLAP)(SLAP)(SLAP)(SLAP)

Lágrimas escorriam pelo meu rosto enquanto meus seios voavam em todas as direções em sintonia com suas mãos golpeando. O peso no meu peito constantemente mudando do abuso pesado. Consegui fechar os olhos e me imaginar mais uma vez naquele campo. Meus amigos na grama em estado de choque e lágrimas, observando a odiada cadela preta agarrando meu pescoço contra a parede, suas mãos cruzando meu peito exposto, me ensinando a lição que nunca recebi.

"É isso que você queria? (SLAP) É isso que você queria que aquela garota negra rebelde lhe desse? (WHACK) Para humilhar você na frente de seus amigos batendo em seus peitinhos brancos e fofos até você chorar por mais?"

"SIM SENHORA!!!"

(SLAP)(SLAP)(SLAP)(SLAP)

Eu simplesmente não aguentava mais. A dor avassaladora finalmente me tomou e com um grito final de desespero eu deixei cair minhas mãos sobre meus seios vermelhos doloridos e me curvei, caindo de joelhos em uma torrente de lágrimas.

Devo ter ficado no chão por alguns minutos, chorando e esfregando meus seios para aliviar. O tempo todo ela simplesmente ficou sentada na beirada da cama, inspecionando as unhas para ver se havia algum dano. Depois de mais alguns minutos, fiquei surpreso com a sensação de sua mão debaixo do meu queixo, levantando-a para olhar novamente em seus olhos. Nós nos encaramos por um momento, meu choro reduzido a lamentos irregulares quando ela finalmente falou.

"Você merece isso, não é?"

Eu balancei a cabeça sim.

"Cadela branca estúpida!"

Eu balancei a cabeça novamente.

Ainda segurando meu queixo, ela se inclinou e me beijou apaixonadamente nos lábios. Fechei meus olhos e permiti que sua língua fluísse na minha, apreciando sua exploração na minha boca. Meus braços logo caem frouxamente ao meu lado, novamente expondo meus seios ainda doloridos.

Após cerca de vinte segundos, ela puxou o rosto para trás e novamente olhou nos meus olhos.

"A vadia racista estúpida já aprendeu a lição?"

Eu balancei minha cabeça... não.

Outro sorriso cruel surgiu em seu rosto.

CAPÍTULO IV

"Sobre meus joelhos!"

Lentamente me levantei do chão e fiz menção de rastejar para seu colo, mas ela rapidamente me parou. Quando ela apontou para minha saia, eu sabia o que ela queria primeiro. Com apenas um momento de hesitação, comecei a deslizar meu vestido até meus sapatos, permitindo que minha calcinha seguisse rapidamente. Meus sapatos e meias também saíram, de modo que apenas meu anel de casamento permaneceu no meu corpo. Deixei-o enquanto cuidadosamente me deitei sobre suas lindas pernas pretas. Deliciei-me com a sensação da minha barriga deslizando sobre eles até que minha bunda estava bem abaixo dela. Meus seios pressionaram desconfortavelmente contra as cobertas da cama enquanto eu esperava seu próximo desejo punitivo.

Mas eu teria que esperar. Enquanto se preparava para sua mão golpeando, ela veio repousar suavemente sobre minhas bochechas. Com delicadeza que só uma mulher pode conhecer, ela começou a acariciar meu traseiro carnudo. Fechei os olhos e apreciei a necessidade suave e o deslizar de seus dedos, ocasionalmente sentindo suas unhas fazendo cócegas neles.

"Diga-me menina, quando a senhora branca estava sendo má com aquela pobre garota negra da escola, ela estava secretamente excitada?"

Eu não respondi, não sabendo exatamente de onde isso estava vindo.

"Responda-me menina. Você estava gozando toda vez que você e suas cadelas brancas esnobes tiravam sarro dela?"

"Sim... sim..."

(SLAP) Eu engasguei com a surpresa de tudo isso. Sua mão se levantou rápida e silenciosamente da minha bunda e caiu de volta com força. Eu não tinha ideia de como ela sabia. Como ela poderia dizer que eu estava excitado tirando sarro daquela cadela naquela época?

"Eu sabia que você era uma puta. Eu sabia que aquela sua vadia branca não poderia deixar de creme com poder depois de humilhar uma garota negra. Todas as mulheres brancas são iguais, ficando todas gostosas pensando que são melhores do que nós!" (TAPA!)

"OWWW... Senhora, me desculpe..."

(SLAP) "Cala a boca seu porco! Não é sua culpa, está no seu sangue. Você não pode deixar de ser vadias racistas. Mas essa é a mesma razão pela qual você ficou ainda mais excitado quando ela revidou, não foi?" (TAPA)

Eu gemi dolorosamente na cama. Minha falta de resposta era evidência suficiente para sua pergunta. Era tudo verdade. Eu era uma garota branca bonita e ela era uma garota negra de classe baixa. Eu deveria ser melhor do que ela. Fui criado para ser melhor. No entanto, com meu pescoço impotente preso em sua mão, minhas roupas impotentes no chão, eu estava à mercê dela. Essa garota negra poderia ter feito o que queria comigo e esse poder me levou à submissão.

(TAPA)

"Você ficou excitado por ter as mesas viradas. Ficou com aquelas protuberâncias minúsculas duras, não é? Ficou com aquela boceta rosa toda úmida e molhada sendo mostrada por uma garota negra? Certo, vadia?"

"YEESSSS SENHORA!!!!"

(SLAP)(SLAP)(SLAP)

"Mas a pobre senhora branca patética queria mais, não é? (SLAP) Ela queria ser humilhada (SLAP) e abusada (SLAP) e transformada em vadia de uma garota negra (SLAP) Não é?"

"Sim, senhora POR FAVOR! Por favor, faça de mim sua vadia! Abuse de mim, me humilhe. Eu mereço muito. Por favor!!!!!!"

(SLAP)(SLAP)(SLAP)(SLAP)....

Perdi a conta do número de golpes na minha bunda branca. Tudo o que eu sabia era que estava revivendo plenamente a experiência da minha mente. Eu estava totalmente de volta no tempo, de volta ao ensino médio, atrás nos campos. Eu estava sendo completamente despido na frente dos meus amigos, imaginando minha bunda sendo golpeada repetidamente pela garota negra do jeito que eu sonhei por anos desde então. Eu não me importava que minha bunda estivesse pegando fogo, ou que eu provavelmente me arrependeria do que estava permitindo. Eu não me importava que fosse uma prostituta negra mal legalizada me dando minha dor ou minha punição. EU NÃO ME IMPORTEI!

Eu não tinha ideia de quando ela realmente parou de bater na minha bunda. Devo ter estado chutando e chorando em seu colo por algum tempo antes de voltar a mim. Ela voltou a acariciar minhas bochechas novamente. Apesar de ser tão suave e gentil como ela tinha sido antes, minha pele se arrepiou de dor a cada movimento de seus dedos, e eu estremeci constantemente.

Então meus olhos se arregalaram quando seus dedos deslizaram de minhas bochechas para entre minhas coxas. Incentivando-me a alargar os joelhos, ela logo estava pressionando os lábios da minha boceta e, pela primeira vez, pude sentir o ar frio sobre sua umidade.

"Esse abuso realmente te excita, não é uma vadia?"

Eu escondi meu rosto nos lençóis de vergonha.

"Ficar de pé!"

CAPÍTULO V

Eu rapidamente saí de seus joelhos, intoxicado pelo comando poderoso em sua voz. Em um segundo eu estava diante dela, os seios vermelhos e a bunda dolorida.

"Abra suas pernas!"

Eu fiz como me foi dito. Ela parou por um momento, esperando que eu o fizesse.

"Abra seus lábios para mim!"

Meus dedos tremeram quando me abaixei e espalhei meu sexo oleoso para minha amante negra.

Ela se inclinou e me examinou por um momento, olhando para o rosa exibido para ela. Seus olhos fixos no meu clitóris, orgulhosamente para ela ver quando ela levantou a mão direita para ele.

Eu estremeci quando dois dedos deslizaram ao longo dos meus lábios molhados antes de descansar no meu botão quente. Quando ela começou a esfregar meu órgão sexual sensível, fechei os olhos e me permiti desfrutar das novas sensações maravilhosas que ela estava me dando. Depois de um momento, seus dedos foram substituídos por um polegar, os dois dedos agora entrando em minha vagina muito quente. Antes que eu percebesse, eu estava sendo fodido por seus dedos bem ali no meio da sala. Eu reabri meus olhos e assisti com admiração enquanto seus dedos se moviam dentro e fora do meu bumbum enquanto seu polegar provocava meu clitóris selvagem.

Eu luto para permanecer de pé enquanto ela se movia cada vez mais rápido, meus joelhos ficando fracos enquanto o suor se acumulava na minha testa. Meus dedos tentam desesperadamente manter meus lábios separados enquanto os dela apertam cada vez mais rápido em mim. Então, no pior momento possível, eles pararam de repente. Uma onda de frustração veio sobre mim quando meus olhos voaram para os dela para uma explicação de por que minha Senhora parou meu prazer. Seus dedos ainda estavam dentro de mim, mas não estavam mais se movendo.

"Foda-se princesa!"

Por um momento eu não me mexi, sem perceber o que ela estava tentando me dizer para fazer.

"Mexa essa bunda branca! Foda-se meus dedos como a vadia burra que você é!"

Dobrei meus joelhos e empurrei seus dedos mais fundo em mim, então rapidamente me endireitei. Em mais alguns segundos eu estava fodendo minha buceta em seus dedos por tudo que eu valia, chorando com prazer renovado.

Novamente fecho meus olhos e me permito imaginar estar nos fundos da escola. Ambos os meus amigos agora me encaram em choque e desgosto enquanto eu me inclino passivamente contra a parede enquanto uma mão negra desliza na parte superior da minha saia. O olhar de prazer lavando meu rosto enquanto ela se atreve a encontrar meu sexo molhado e submisso guardado com segurança dentro da minha calcinha. O olhar de revolução absoluta nos rostos do meu amigo quando comecei a foder desesperadamente.

"Senhora, você realmente é patética, sabia disso?"

Meus olhos se abrem novamente com suas palavras, a ilusão em minha mente desaparecendo enquanto eu olho avidamente em seus olhos. Foram-se as imagens da escola e dos amigos. Eu estava de volta a ser uma esposa de meia idade, fodendo os dedos escorregadios de uma prostituta negra por quatrocentos dólares!

Eu gemi enquanto fodia ainda mais rápido, empurrando rapidamente meus quadris ao longo de seus dedos escuros como o idiota absoluto que eu era. Mesmo quando sua unha do polegar começou a arranhar atormentadoramente meu clitóris eu não ousei parar. Tudo o que eu podia fazer era gemer e empurrar meu caminho cada vez mais perto de uma liberação desesperada.

Dentro de um momento eu tinha abandonado completamente minhas tentativas de manter meus lábios oleosos separados. Constantemente eles estavam escapando do meu alcance. Em vez disso eu vergonhosamente trouxe uma mão molhada à minha boca e chupei meus dedos enquanto a outra brincava com meus seios ainda avermelhados. Minhas pernas pareciam estar pegando fogo enquanto os músculos nelas trabalhavam até o ponto de colapso, empurrando meus quadris em seus dedos.

"É isso que as vadias brancas fazem quando soltam? Elas saem fodendo suas bocetas sujas contra os dedos das mulheres negras? É assim que você demonstra sua superioridade em relação a uma mulher negra, fodendo seus dedos e pagando por isso?"

"SIM SENHORA!"

"O que você está?"

Desta vez, não houve hesitação quando professei livremente meu título degradante: "Sou um idiota branco racista e sujo cunt!"

De repente, seus dedos saíram da minha boceta espremida para permitir a enxurrada de tapas na buceta que imediatamente se seguiram. Soltei um grito de dor desumana enquanto desesperadamente empurrei minha pélvis para encontrar sua mão golpeando. Em segundos, a dor e o prazer tomaram conta de mim completamente quando eu desabei no chão gritando como um porco, meu corpo tremendo e convulsionando como uma mulher louca.

Minha Senhora apenas assistiu da cama o estrago que ela causou em minha mente e corpo. O tempo todo foi com o maior sorriso. Nem pense em me perguntar quanto tempo eu estava gozando aos pés dela, só que parecia os momentos mais longos da minha vida.

Em algum momento eu consegui recuperar meus sentidos e voltei a ficar de joelhos diante dela. Apesar da dor pungente em meus seios, bunda e buceta, meu rosto inteiro tinha um brilho. Nunca tive um orgasmo assim antes, e nunca cheguei tão perto de viver minha fantasia mais profunda. Às vezes eu realmente me sentia como se estivesse de volta à escola, sendo dominada do jeito que eu sempre desejei ter sido. Eu sorri para minha Senhora por me dar isso e ela sorriu calorosamente de volta, me reconhecendo.

No entanto, seu sorriso desapareceu quando ela começou a estender os braços para mim. Enquanto ela gentilmente pressionou suas mãos contra meus ombros, eu permiti que ela me empurrasse para trás até que eu estivesse deitada de costas. Eu passivamente deitei lá, observando enquanto ela se levantava e caminhava ao meu lado, até que ela estava de pé ao lado da minha cabeça descansando. Levantando uma perna, ela a colocou sobre mim e no outro lado do meu rosto.

Agora eu não tinha escolha a não ser olhar para cima, passando por suas belas panturrilhas, seus lindos joelhos, suas coxas firmes, sua microssaia onde seus lábios escuros e sem pêlos estavam. Eu mal podia distinguir seu contorno e percebi que nunca tinha me ocorrido que ela não estaria de calcinha.

Ela olhou para mim por um breve momento, aparentemente gostando da postura que agora tinha sobre mim. Então, sem cerimônia, ela levantou a saia até a cintura. Pela primeira vez na minha vida, eu estava olhando para o sexo muito molhado de outra mulher. Eu podia vê-lo brilhando acima de mim enquanto eu olhava para ele como se estivesse em transe. Levei um momento antes de perceber que ela estava baixando os quadris para o meu rosto.

Eu mal tive tempo para pensar, pois minha cabeça logo foi encaixada entre suas duas fortes coxas negras. Meus olhos se arregalaram quando meus lábios pressionaram contra seus lábios sexuais. Instantaneamente o cheiro de sexo encheu minhas narinas. O cheiro de inúmeros clientes anteriores enchendo meus pulmões. Seus sucos, que ainda conseguiam forçar a passagem pelos meus lábios fechados, carregavam o leve sabor de semente masculina.

Eu gemi em sua boceta para ela gozar, percebendo plenamente a depravação da minha nova posição.

"Abra esses lábios carnudos, vadia. Enfie essa língua dentro de mim." Ela ordenou, mas meus lábios e língua ainda não se moviam. Isso não era o que eu queria. Eu não queria provar a sujeira que estava dentro dela. Eu não estava mais pensando nos meus dias de colegial como uma garota branca esnobe. Eu estava totalmente focado no fato de que me pediram para limpar a buceta usada de uma prostituta! Não foi para isso que eu a paguei.

Alcançando para trás, ela pegou meu seio direito e apertou cruelmente. "Eu disse me coma seu sapatão de merda! Chupe minha buceta como a puta lésbica branca que você é!"

Eu abri minha boca para gritar com a dor surgindo do meu peito e, sem saber, permiti que mais de seus sucos contaminados fluíssem em minha boca, cobrindo minha língua e dentes. No entanto, eu ainda não a comi, fazendo com que ela estendesse a outra mão para apertar ainda mais os meus pobres seios.

Com um grito abafado, joguei minha língua em seu buraco quente e úmido desesperado para parar a dor. Instantaneamente ela apertou as coxas com força ao redor da minha cabeça e encorajou minha língua.

"Boa garota. Boa garota branca. Limpe essa boceta preta que você tanto ama. Chupe todas as porcarias de dentro. Seja uma boa empregada para minha boceta."

Tendo pouca escolha no assunto, comecei a limpar sua boceta usada. Apesar da minha repulsa inicial, resolvi chupar os restos de seus ex-clientes pagantes em minha boca. Eu poderia dizer que ela estava apreciando cada momento disso. Nem todo dia ela tem uma mulher branca entre suas coxas bem fodidas, e esta noite ela provavelmente estava vivendo suas próprias fantasias sombrias às minhas custas, literalmente.

Toda a minha atenção estava agora centrada em sua boceta. Eu meio que me perdi enquanto fazia o meu melhor para satisfazê-la. Esquecendo eventualmente o quão imundos eram os líquidos que despejavam na minha boca. Em vez disso, lambi suas dobras e paredes conforme ela exigia. De vez em quando ela chegava para trás e batia em meus seios para me fazer prestar mais atenção.

No momento em que ela finalmente caiu do meu rosto entorpecido, ela teve três orgasmos, e minha garganta e barriga estavam cobertas com coisas que eu realmente não quero pensar.

Nós dois ficamos deitados no chão do quarto do hotel por algum tempo, sem mover um único músculo enquanto tentávamos recuperar nossas energias. Eu honestamente não acho que eu poderia ter falado se eu quisesse, já que minha língua estava frouxa na minha boca. O tempo todo seus dedos brincavam levemente com meus mamilos ainda eretos enquanto ofegávamos um ao lado do outro.

Eu estou supondo que devido à sua juventude, ela foi capaz de recuperar sua energia mais rápido do que eu. Eu assisti do chão enquanto ela finalmente se levantava, se recompondo da maneira que uma prostituta poderia.

Desaparecendo no banheiro, supostamente para checar o cabelo e a maquiagem, ela logo voltou e olhou para mim por um momento, ainda deitada no carpete barato. Meu rosto coberto em seus sucos misturados, meus seios rosados pulsando no meu peito arfante.

Virando-se para o sofá, ela viu minha bolsa descansando sobre ele e foi até ela. Abrindo-a, ela se agitou por um momento. Eu queria dizer algo a ela, mas não podia. Finalmente, ela puxou a mão de volta, segurando mais duzentos dólares.

"Eu acho que uma gorjeta está em ordem, não senhorita?"

Eu não disse nada, apenas observei enquanto ela enfiava as notas em seu decote como antes.

Passamos mais algumas horas juntos naquela noite. Parte dela foi gasta lambendo e chupando os dedos dos pés enquanto ela descansava na cama, recuperando suas forças. Ela também gostou de dar mais uma surra na minha bunda antes de ordenar que eu fodesse meu clitóris contra os dedos dos pés até o orgasmo. No começo eu me senti como um completo idiota por fazer isso, mas depois de um tempo eu estava transando com eles como uma vadia completa. Claro que eu tive que lamber cada dedo do pé limpo novamente depois que eu fiz.

Apesar de ser totalmente degradado e usado por uma prostituta, nunca me senti tão contente e tão vivo como naquela noite. Não é todo dia que se vive uma fantasia infantil dessa maneira e essa garota sabia exatamente o que eu queria, de alguma forma.

Eventualmente eu fiz meu caminho para o chuveiro para me lavar. Quando voltei, ela esperou pacientemente que eu me vestisse, apreciando o estremecimento do meu rosto cada vez que os panos tocavam uma parte dolorida do meu corpo. Vinte minutos depois estávamos de volta ao lado de fora e no meu SUV, indo em direção à sua esquina familiar. Durante toda a viagem, não dissemos uma palavra um ao outro.

Quando finalmente chegamos, ela casualmente saiu e fechou a porta atrás dela. Virando-se, ela olhou para mim com aquele mesmo sorriso malvado, enviando calafrios pela minha espinha e centrando na minha boceta. Baixei a janela.

"Devo admitir que você foi o truque mais fácil e divertido que eu já tive."

Eu não sabia se devia agradecer ou não.

"Acordando esta manhã, eu nunca esperei ser pago para abusar do corpo de uma garota branca. Mas parabéns para você, baby. Se você conhece alguma vadia racista excitada, mande-a para mim!"

"Hum... ok..." Eu duvidava seriamente que qualquer um dos meus amigos abrigasse minhas mesmas fantasias degradantes. Então de novo...."

"O que você está?" Ela ordenou, ainda com o sorriso maligno e sedutor. Corei quando várias outras prostitutas notaram.

"Eu estou...."

"O QUE VOCÊ ESTÁ?"

Olho para o banco do passageiro: "Sou um idiota branco racista!"

Várias das outras garotas pararam no meio do passo, pois sem dúvida ouviram minha admissão humilhante. Mas não ousei olhar para nenhum deles, mesmo depois de ouvir algumas risadinhas.

"Que você é uma garotinha, que você é. Vejo você por aí, senhora."

E assim ela se virou e caminhou pela rua procurando o próximo carro. Isso é tudo que eu realmente era para ela, outro truque. Um segundo depois meu carro virou a esquina e ela estava fora de vista. Menos de uma hora depois eu estava de volta em casa. De volta onde ninguém jamais iria querer me machucar. De volta ao lugar onde o amor era livre e incondicional. De volta onde as garotas negras nunca ousaram entrar para me punir. Eu estava em casa!

Removendo minhas roupas, deslizei cuidadosamente ao lado do meu marido na cama, envolvendo meus braços ao redor de seu corpo adormecido. Meus seios doíam quando eles pressionavam contra suas costas nuas, me lembrando de como eles ficaram assim. Um sorriso surgiu em meu rosto e um formigamento se formou entre minhas coxas antes que eu caísse em um sono feliz e satisfeito. Um sono cheio de novos sonhos de cadelas brancas racistas estúpidas recebendo exatamente o que merecem por megeras negras sensuais.

FIM

41

DESEJO SEXUAL
ERIKA SANDERS

Meu amor, quero que você se sente na frente do seu computador e mostre uma imagem, uma peça visual, como uma vagina.

Não o rosto e o corpo, apenas os joelhos dobrados e as pernas abertas.

Com longos e bonitos dedos elegantes que separam levemente os lábios vaginais.

Imagine que eu entro e me sento nessa mesa totalmente vestida.

Mas como sua cadeira tem braços, coloco meus pés vestidos com sapatos de couro preto de salto alto, tornozelo e dedos pontudos de cada lado.

Você se inclina para trás e sorri e eu também deito sorrindo.

Eu levanto meu vestido preto e sedoso e você vê que minha calcinha está faltando e o brilho da minha umidade na minha fenda já é perceptível.

Você verá a ponta de um espartilho preto ao qual as meias também estão presas.

Eu levanto meu vestido com as duas mãos para cima, passo por cima da cabeça e revelo o espartilho de couro com apenas alguns centímetros de largura.

Meus mamilos estão eretos e altos quando se projetam do topo.

Você se curva, mas estou aqui para brincar com você e uso meus sapatos pontudos para mantê-lo onde está.

Eu vejo um pau visivelmente crescente que precisa sair de suas calças e pedir para você descompactá-las.

Eu corro minha língua pelos lábios em comprimento total, sorrindo, enquanto você desliza pelas minhas calças.

A cabeça do seu pau se destaca dos seus boxers e esse também tem um brilho exigente.

É assim por um bom motivo.

Essa visão de seu pênis ereto de repente me excita e peço que você me lamba.

Você se inclina para frente e faz isso, separando meus lábios um pouco para encontrar meu clitóris.

Você o leva na boca, para que fique um pouco mais.

Eu só precisava daquele toque da sua língua para me conseguir cem.

Quando me acalmo, peço que pegue seu pênis com a outra mão e acaricie-o levemente.

Você precisa, mas posso lhe dizer que você precisa de mais, isso não é suficiente.

Eu o forço a me ajoelhar para levá-lo totalmente à minha boca, alternando lambendo da base para o topo, de cima para baixo e de volta para as bolas, lambendo o interior do local onde a virilha está localizada.

Você gosta do que vê quando estou ajoelhado, minha bunda é tão fina quanto alguns centímetros de largura e meu ânus é apertado e aconchegante.

Levanto-me novamente porque estou chegando muito perto do clímax.

Eu coloco você de pé e suas calças caem além dos joelhos.

Você ainda está com os sapatos, a gravata ainda amarrada, mas a camisa desabotoada até o fim.

Eu amo precisar ver o máximo da sua pele quanto eu puder.

Agora que você está de pé, peço que me dê as costas.

Abra as pernas o suficiente para se ajoelhar atrás de você.

Minha língua lambe suas pernas, lambendo suas bolas e até o estalo de sua bunda, lambendo e girando sua língua em torno de seu ânus.

Pego um vibrador da minha bolsa e pergunto se posso usá-lo em você, mas antes que você responda, eu o coloco contra sua pele.

Com a minha boca, deixo saliva por toda a sua bunda, para que você tenha lubrificado tudo.

Eu coloco em baixa velocidade e corro através de suas bolas e entre as bolas e seu cu.

Minha outra mão corre entre suas pernas e agarra seu pau, acariciando e alimentando-o.

O vibrador é bom na sua bunda.

Coloquei-o ao lado do seu ânus e deslizei uma das duas pontas, a fina, que também é a minha favorita.

Ele desliza e eu coloco a outra extremidade mais em direção ao centro, atrás das suas bolas, novamente, vendo como a sensação leva você a outro nível.

Suas mãos estão segurando a mesa e seus olhos estão fechados cedendo o que eu quero fazer.

Mas eu fico assim, acariciando um pouco enquanto deixo o zumbido fazer você pensar no que acontecerá a seguir.

Paro abruptamente e digo para você se virar.

Você faz isso e seu rosto fica vermelho.

Você estava realmente gostando disso e se aproximando do estado que deseja.

Mas prefiro desacelerar para trazê-lo de volta à minha boca.

Estou tão quente quanto o inferno e estou perdendo um pouco de controle.

Então eu faço você se sentar de novo e me ajoelho na sua frente e peço que se acaricie, mas lentamente.

"Acaricie meu amor."

Enquanto ajoelho na sua frente e deito nos calcanhares.

Ligo o vibrador e o esfrego do lado de fora da minha vagina, sobre o clitóris.

Isso leva menos de um segundo para alcançar o orgasmo.

Minhas pernas e joelhos estão abertos e eu jogo minha cabeça para trás, esticando minha boceta com as mãos, querendo que você veja os músculos do meu orgasmo se movendo.

Seguro o vibrador até terminar e meus próprios sucos derramarem.

Eu olho para você e você está se masturbando, aumentando a taxa.

Seu ritmo acelerou e é tão emocionante que eu me ajoelho, implorando para você gozar no meu rosto e peito.

E sim, certamente você faz.

Eu vejo como os jatos do seu leite saem para mim.

Mas você acaba jogando os jatos na tela do computador e no teclado. Nos despedimos até outra hora e você desliga a webcam.

FIM

49

BEM-VINDO MOLHADO
ERIKA SANDERS

Glenn chega em casa depois de um dia duro no trabalho e deixa a pasta e o casaco na porta.

Ele acha que a casa está estranhamente quieta, mas não presta muita atenção nele e vai para o quarto.

Ao subir as escadas, ele cheira o maravilhoso perfume do perfume de sua amada esposa Susan.

Quando chega ao patamar, ouve sons fracos de música escapando um pouco pela porta do quarto.

Certificando-se de não fazer barulho, ele abre a porta lentamente.

"Susan?" ele diz com uma voz masculina bastante profunda.

Quando a porta se abre cada vez mais, a visão de seu corpo nu deitado na cama o faz tremer.

"Sim, bebê." ela diz com uma voz sensual.

Ele começa a se aproximar da cama, mas ela sinaliza para ele parar.

Intrigado, ele faz o que ele diz, sabendo que ela tem algo em mente.

Ela sai da cama.

Seu corpo se move com grande graça.

Ele não pode deixar de se fixar em seu peito delicioso, movendo-se um pouco enquanto ela caminha em sua direção.

Ele sente seu pau endurecer quando eles passam por seus pensamentos

"Ela é tão bonita".

Ela estende a mão e desafivela o cinto dele.

Também as calças, ele desabotoa e abaixa.

Isso o faz tremer de emoção.

Quando ela o vê tão animado, ele sorri e puxa sua cueca com uma necessidade faminta de chupar seu membro duro.

Ela gentilmente coloca as mãos em seu pênis agora ereto, acariciando-o lentamente.

Então ela enfia a língua e lambe a cabeça antes de colocá-la na boca.

Ele geme quando ela começa a chupar seu pau duro.

Movendo-o dentro e fora de sua boca cada vez mais rápido.

Então ele lentamente retorna a um ritmo baixo e vira a língua em volta da cabeça enquanto o acaricia com a mão.

Ele geme quando sua mão acaricia a cabeça rosa de seu pau.

Então ele lambe suas bolas na ponta do seu pau.

Ela tira da boca dele e se levanta para beijá-lo apaixonadamente enquanto ele tira a camisa.

Ele envolve seus braços quentes em volta dela, puxando-a para perto dele, sentindo seus seios pressionados contra seu peito.

Enquanto se beijam, as mãos correm pelo corpo dele, sentindo a pele macia sob as pontas dos dedos.

Suas mãos se movem sobre sua bunda e ela a aperta com força.

Ele a levanta na bunda, envolvendo as pernas em volta da cintura e se movendo para a cama.

Ele gentilmente a deita e se move em cima dela.

Ele a beija profundamente, até o pescoço e o peito.

Lentamente, lambe o seio direito cada vez mais perto do mamilo agora ereto.

Ele coloca o mamilo na boca e chupa-o mordendo-o suavemente.

Movendo-se para o outro seio, ele se abaixa e começa a esfregar seu clitóris, fazendo-a aumentar a respiração e começar a gemer levemente.

Ele esfrega mais rápido enquanto beija o estômago dela, concentrando-se no umbigo dela.

Ela se sente muito molhada e sua respiração acelera.

Ele beija seu monte fofo e depois substitui os dedos pela língua.

Delicadamente chupando e mordendo o clitóris.

Isso a envia para uma onda de prazer, gemendo.

Então ela insere um dedo que atravessa os lábios de sua vagina inchada até aquele local secreto e escorregadio.

Ele desliza o dedo para dentro e para fora devagar e depois corre, inserindo mais um dedo enquanto ela geme.

Ele continua se concentrando em chupar seu clitóris enquanto seus dedos batem preciosamente naquele lugar especial dentro dela que ele sabe que a deixa absolutamente louca.

Ela geme alto e formiga da perna direita para cima e ao redor do corpo e sai para a perna esquerda.

"Oh bebê!" ela geme: "Isso é tão bom!"

Glenn sabe que se ela continuar assim, ela definitivamente irá ao limite, então ela desacelera e beija seu corpo de volta para devorar a boca.

Eles compartilham um beijo apaixonado.

Suas línguas dançando juntas.

Removendo os dedos de sua boceta molhada, agora ele começa a massagear seu seio direito.

Seus gemidos reprimidos por beijos.

O beijo quebra e ela sussurra em seu ouvido:

"Eu preciso de você dentro de mim, querida."

A menção de seu pênis duro deslizando na boceta molhada de seu amante o faz rosnar com luxúria e se mover em cima dela.

Abrindo as pernas com os quadris, ele se posiciona para entrar nela.

Brincando com ele, ele insere apenas a cabeça e depois se retira lentamente.

"Por favor, me dê tudo." ela implora, mas ele prevalece e segue o ritmo do jogo, colocando apenas a ponta e retirando-a quando ela começa a gemer.

Finalmente, em um momento inesperado, ele dirige seu membro duro por todo o caminho para fazê-la gritar.

Ele começa a empurrar dentro e fora dela lentamente com longos golpes duros.

Ele começa a acariciar cada vez mais rápido, puxando sua bunda para uma penetração mais profunda.

"Oh Deus, você se sente tão bem dentro de mim. Eu te amo muito quando você fode minha buceta."

Com isso, ele rosna e se retira de repente.

Ele gesticula para ela se virar e ela faz isso rapidamente com um salto de emoção.

Ele sabe que entrar por trás é uma de suas posições favoritas e também adora dar a ela assim.

Ele insere seu pênis nela e começa a empurrar com força e rapidez.

Ela geme alto, dizendo-lhe mais alto.

Ele gosta de foder sua adorável esposa, então ele começa a ficar mais duro com ela.

Seu corpo e bolas batendo contra sua bunda agora vermelha.

Ela começa a empurrar para trás seus impulsos, fazendo seu pênis afundar ainda mais por dentro.

Ambos gemem de prazer.

"Oh, eu vou gozar, bebê. Você está pronta para o meu leite?"

"Oh sim, baby, eu também vou gozar."

Mais alguns golpes e Susan grita de prazer e seu corpo começa a tremer quando seu orgasmo a domina.

Glenn sente que as paredes de sua vagina começam a ordenhar seu pau e ela não aguenta mais.

Rosnando seu nome, ele atira seu esperma quente profundamente dentro de sua boceta agora cremosa e molhada.

Exausta por sua explosão, Susan descansa nos cotovelos quando o sente esguichar mais alguns jatos de esperma nela.

Satisfeito, e tentando não cair nela, ele lentamente se afasta de sua vagina e a agarra pela cintura, puxando-a para a cama com ele.

Eles olham nos olhos um do outro, ambos nublados pelos poderosos orgasmos que acabaram de passar por seus corpos apenas alguns segundos atrás.

Uma satisfação de conhecimento mútuo permanece na sala enquanto os dois dormem nos braços um do outro.

FIM

57

VESTIDA PARA A OCASIÃO
ERIKA SANDERS

O silêncio da noite a cercou, pressionando-a com sua serenidade, tentando acalmar sua ansiedade.

No entanto, isso não poderia acalmá-la.

Sentimentos desenfreados aos quais ela não estava acostumada, e nunca havia experimentado antes, surgiram em seu corpo, deixando-a nervosa.

Seus calcanhares estalaram suavemente ao longo do caminho pavimentado enquanto ela olhava para o céu.

Por que você vai lá hoje à noite?

Por que ela se vestiu assim?

Eu podia sentir o poder que seu olhar tinha nela.

Ela suspirou e deixou sua mente parar de pensar nos eventos que poderiam acontecer hoje à noite.

* * *

Parecia que todos os olhares estavam nela quando ela entrou na sala.

Seus sapatos de salto alto estalaram contra o piso de madeira enquanto ela atravessava a pista de dança e se aproximava do bar.

A saia de sua roupa vermelha e preta balançava de um lado para o outro a cada passo, a faixa vermelha fluindo contra seu joelho enquanto a preta descansava centímetros acima.

A blusa pendia solta dos ombros, descendo pelos seios, saltando o suficiente para chamar a atenção a cada passo que dava e mostrando uma proporção generosa de pele.

E sem sutiã.

Ela sabia como era essa roupa.

Ela parecia uma raposa.

Ela havia terminado o visual com uma gargantilha de renda preta no pescoço e apenas um toque de batom vermelho.

Ela sentou-se entre um homem e uma mulher e sorriu para o garçom.

"Olá James"

"Samy. Como é bom vê-lo novamente." Ele deixou seus olhos deslizarem sobre ela lentamente pelo rosto e pelos seios. "Muito bom mesmo. E para quem é a ocasião?"

Ela balançou a cabeça e sorriu, fazendo com que uma mecha de cacho caísse sobre a orelha.

"Sem chance. Eu só queria me vestir assim."

Ele estendeu a mão por cima do balcão e colocou o cacho atrás da orelha dela.

Os dedos dele roçaram o lado de sua bochecha e ela quase esqueceu como respirar.

"Você deveria se vestir assim com mais frequência."

"Talvez eu vá."

"Vou sair do trabalho agora à noite, por volta das onze. Gostaria de dançar mais tarde?"

Ela assentiu devagar, incapaz de desviar o olhar dele.

Com uma precisão muito lenta, ele se inclinou sobre o balcão e levou os lábios aos dela, aprofundando o beijo o suficiente para fazê-la querer mais antes de se afastar.

"Cerca de vinte minutos."

* * *

Esses vinte minutos nunca pareciam mais na vida de Samy.

Ela observava tudo ao seu redor o tempo todo, consciente de cada movimento que ele fazia, sem sequer olhar para ele.

Era como se seus sentidos estivessem sintonizados com seu corpo, mas ainda assim ela pulou quando ele a tocou na parte de trás do ombro.

Ele desabotoara a gola da camisa preta e estava sorrindo para ela, estendendo a mão.

"Eu acho que você me deve uma dança."

Quando ela colocou a mão na dele, foi como se uma pequena descarga de eletricidade passasse por seu corpo.

Ele sorriu enquanto a carregava para um canto da pista de dança e a puxava para mais perto de seu corpo quando a música mudou.

Era lento e sedutor, e os batimentos cardíacos dele pareciam coincidir com o coração dela enquanto ela se pressionava contra ele.

E já de repente ela estava muito consciente dos contornos duros que ondulavam contra seu corpo mole.

Ela passou os braços em volta dele, pressionando as curvas suaves das costas com as mãos enquanto oscilavam de um lado para o outro.

Ele se inclinou e pressionou os lábios nos dela, separando-os gentilmente e seduzindo-a com a língua.

A mão dele deslizou pelas costas dela, descansando em seu quadril, deslizando baixo o suficiente para acariciar uma bochecha de sua bunda enquanto ele puxava a parte inferior do corpo contra a dele.

Ela ofegou ao sentir o quão duro ele estava realmente pressionando contra ela e ela podia jurar que o ouviu gemer.

Mas, assim como ele fez, o outro garçom o chamou e ele suspirou, abaixando a cabeça para trás.

"Samy ... estou voltando. Juro que irei. Não vá a lugar nenhum."

Ela assentiu um tanto tola quando saiu da pista de dança e entrou em uma cabine isolada.

Ele viu James voltar para o bar e se inclinar sobre ele novamente, conversando com Joseph.

Joseph foi o barman substituto da noite.

Ele sempre assumia quando James se aposentava.

Quando ele viu uma loira alta e de pernas longas se juntar a eles, ele percebeu algo.

Ela não era esse tipo de garota.

Eu não tinha ideia do que estava fazendo.

James era o tipo de homem que estava sempre disponível para qualquer garota, qualquer garota alta, loira e super sexy.

E ela era baixa, morena e latina.

Ela saiu correndo.

Tão rápido e silenciosamente quanto ele podia.

Ele se dirigiu para a porta e, quando olhou por cima do ombro, viu a loira se aproximar de James e deslizar os dedos pelo braço dele.

Ela suspirou e balançou a cabeça enquanto continuava seu caminho.

Não seria bom parar e pensar sobre isso.

Seus pés começaram a doer nos calcanhares, então ela os tirou e se afastou do caminho de paralelepípedos, deixando-os guiá-la até a margem do rio que conhecia tão bem.

Ele enfiou os pés na margem do rio e simplesmente ficou olhando a água por um longo tempo.

"O que eu estava pensando?" Ela finalmente murmurou.

"É isso que eu gostaria de saber."

Ela quase gritou quando se virou.

James estava de pé atrás dela, braços cruzados com raiva e franzindo a testa.

Mas o cenho lentamente foi substituído por um olhar de confusão e preocupação.

"Samy, você está chorando. O que há de errado com você?"

Ela desviou o olhar dele e atravessou o rio para a outra margem gramada.

"Você não deveria. Você não deveria ter ido ao bar hoje à noite vestida assim. Você não deveria ter pensado que tinha uma chance."

"Samy, do que diabos você está falando?"

Ele estendeu a mão e deixou cair a mão no ombro dela.

Ela estava tremendo, estava com frio.

Ele apressadamente tirou o casaco e jogou-o sobre os ombros, puxando-a para trás para esfregar os braços.

"Você estava linda lá. Acho que esqueci como respirar quando você entrou."

"Eu vi as mulheres com quem você costuma estar. Não sou como elas, James. Não sou elegante nem super sexy. Não sou loira, nem alta, nem de pernas longas, nem tenho um corpo perfeito como elas. Não tenho solução. contra isso. Eu nem sabia o que estava fazendo. " Ela terminou em um sussurro.

"Sério? Você poderia ter me enganado lá dentro."

Ele a virou na direção dele e se inclinou para frente, pressionando os lábios no pescoço dela.

Ela estremeceu.

"Seu corpo parecia perfeito quando você me pressionou contra você naquela pista de dança."

Ela estendeu a mão e segurou o peito, traçando o contorno do mamilo através da blusa.

Isso a fez tremer um pouco.

"Certamente estes pareciam saber o que eles queriam fazer quando estávamos nos beijando e pressionando juntos."

Ele se inclinou sobre ela e a forçou a deitar-se até que ela estava deitada no chão.

"Deixe-me mostrar-lhe, Samy. Deixe-me mostrar-lhe que você é mais do que pensa."

Os lábios dele deslizaram contra os dela antes de deslizar pelo pescoço e por cima da blusa fina que cobria seus seios.

A respiração dela ficou presa na garganta quando os lábios dele encontraram um mamilo primeiro e depois o outro, sugando-os lentamente enquanto ela arqueou com o toque dele.

Seus dedos encontraram habilmente a barra da blusa dela e começaram a levantá-la lentamente, provocando sua pele quando foi revelada.

Ele a ergueu além de seus seios e a segurou logo acima deles enquanto beijava seu seio direito, saboreando sua pele.

Ela gemeu quando James finalmente levou os lábios ao topo do peito dela, pegando o mamilo entre os dentes e puxando-o gentilmente antes de chupá-lo.

Ela gemeu ainda mais alto quando a mão começou a amassar o outro peito, rolando a palma da mão sobre o mamilo repetidamente.

"Entende?" Ele respirou contra a pele dela. "Você é a mulher perfeita".

Ele começou a beijá-la enquanto descia, circulando o umbigo com a língua.

James sorriu para ela enquanto pegava sua saia e, em vez de puxá-la para baixo, ele a empurrou para cima.

A parte da frente se dobrou para trás e no momento seguinte ela estava dando beijos suaves e divertidos ao longo de seu monte quente sobre a calcinha.

Ela já estava molhada.

Ela podia sentir através da calcinha quando ele esfregou o nariz contra ela.

Ela tremeu embaixo dele e ele gentilmente acariciou seus dedos para cima e para baixo enquanto usava os dentes para deslizar a calcinha para baixo.

Ele a beijou novamente, sem barreira entre os lábios e a vagina.

Ele começou a deslizar sua língua ao longo de sua fenda e ela gemeu, seus quadris arqueando loucamente, de modo que ele pressionou sua língua profundamente nela, traçando-a sobre seu clitóris.

Samy gemeu e arqueou contra sua língua, o prazer fluindo através dela quando ele escovou os dentes contra seu clitóris e deslizou um dedo dentro dela.

"Eu menti", ele respirou contra seu clitóris. "Eu não esqueci apenas como respirar."

James gentilmente chupou seu clitóris, seu dedo entrando e saindo de sua tensão.

"Eu quase entrei nas calças só para vê-lo antes."

Seus dedos agarraram seus cabelos, e ele sorriu contra sua vagina enquanto deslizava um segundo dedo dentro dela, passando a língua sobre seu clitóris repetidamente até que seu corpo tremia sob sua boca.

Os dedos dele a acariciaram, por dentro e por fora, excitando-a, convencendo seu corpo a responder até que ela balançou contra a mão e a língua dele.

"James", sua voz quase falhou quando ela torceu em sua mão. "Por favor, não pare agora!"

Suas palavras saíram em um tom suave de cumplicidade, mas rapidamente aumentaram de volume quando ela gritou de prazer.

Ele estava gentilmente mordendo seu clitóris e agora estava chupando com força, e seus dedos empurrando dentro dela levando seu clímax.

Ele lambeu ansiosamente seus sucos e quando o tremor em seu corpo diminuiu,

Quando ele terminou, ele se moveu sobre ela.

Ele sorriu e descansou a testa na dela, deixando seu corpo roçar no dela enquanto a olhava nos olhos.

"Eu te disse, você é tão feminina quanto elas, se não mais."

Seus olhos brilhavam com algo que poderia estar em dúvida quando ele olhou nos olhos de James, mas então ele deixou os dedos correrem pelo peito dela e até a protuberância dura em suas calças.

"É por isso que você tem tanta dificuldade?

Por que eu sou uma mulher como eles? "

Seus dedos roçaram para cima e para baixo contra seu pênis, e ele não pôde evitar o gemido que passou por seus lábios.

No entanto, ele não teve chance de responder quando os lábios dela encontraram os dele e quaisquer pensamentos foram apagados de sua mente.

Os dedos dele deslizaram para o peito dela e habilmente ele começou a desabotoar a blusa dela.

Ele rapidamente a puxou para fora da calça e o empurrou para o lado enquanto puxava a blusa dela para removê-la completamente.

O botão da calça se abriu e o zíper escorregou quase por conta própria.

Ela puxou as calças e a cueca apenas o suficiente para libertar seu pênis e passou a mão pequena em torno dela, acariciando-a lentamente, de modo que ele gemeu e pressionou ansiosamente contra a mão dela.

Ele gemeu de aborrecimento e levantou-se, tirando as calças e a cueca em um movimento e virando-se para ela.

Ela agora estava de joelhos e sorria para ele quando mais uma vez passou a mão em torno dele.

Ele se inclinou sobre ela, acariciando-a lentamente, fechando os olhos.

No momento seguinte, no entanto, ele os abriu quando os lábios dela envolveram seu pênis, movendo-os lentamente para cima e para baixo em seu membro duro.

Ele agora colocou as mãos na parte de trás da cabeça dela e lentamente começou a empurrá-la para dentro e para fora da boca, gemendo enquanto ela o chupava a cada movimento.

Os golpes suaves não demoraram muito para se tornar rápidos e curtos, Samy o chupou com mais força quanto mais rápido ele balançou a cabeça.

Sua mão estava acariciando suas bolas, rolando-as para frente e para trás enquanto a boca dela se apertava ao redor dele.

Quando ela estava brincando com a língua na cabeça de seu pênis, ele explodiu em sua boca.

Ela engoliu rapidamente quando ele a enviou esguichando, pressionando a boca e a garganta contra seu pau, fazendo-o gozar ainda mais duro e com mais jatos, até que ela finalmente acabou.

Ele deslizou o pau para fora da boca lentamente e deixou o olhar cair no chão.

Ele caiu de joelhos na frente dela, colocando a mão na bochecha dela.

Eles estavam a um passo de distância quando o dedo de James traçou a lateral do rosto dela, afundando-o sob o queixo e erguendo os olhos para ele.

"Ainda não terminamos."

Sua voz era tão baixa que ela sentiu um calafrio na espinha enquanto olhava para ele maravilhada.

Ele se inclinou e pressionou os lábios contra ela, aprofundando rapidamente o beijo.

Quando a língua dele passou por seus lábios, uma mão deslizou atrás dela, puxando-a contra ele, de modo que eles eram carne em carne.

Seus mamilos pressionaram contra o peito dele alegremente, e sua nova ereção pressionou com força contra seu abdômen inferior.

Ela se moveu e esfregou seu corpo lentamente ao longo dele, fazendo-o gemer quando seu beijo ficou febril.

Ele a deitou e deslizou a saia pelas pernas.

Ele olhou para ela por um longo momento antes de se mover.

Ele se inclinou sobre ela novamente e a beijou levemente na barriga, logo acima do umbigo.

Ele sorriu contra a pele quente dela e começou a beijar para cima, ao contrário de suas ações anteriores.

Seus lábios mal tocaram contra os seios dela antes de se fixar em seu pescoço e acariciar seus batimentos cardíacos.

Ele pulsou entre as pernas dela, seu membro pressionando contra sua fenda molhada enquanto ela envolvia as pernas em volta da cintura dele e ele passou os braços em volta dela.

Em um movimento rápido, James estava sentado com ela no colo e, se possível, pressionando seu pênis ainda mais contra ela.

Ela se contorceu um pouco e ele gemeu.

Ele a beijou logo abaixo da orelha e gentilmente puxou seu lóbulo.

"Diga-me, Samy, você quer isso?"

O hálito dele estava quente contra a pele dela e ela tremia.

"Você quer meu grande pau duro enterrado dentro de você?"

A resposta de Samy soou quase como um gemido quando ela esfregou contra ele.

"Sim. Por favor, James, eu queria isso desde ...", mas ela rapidamente parou, ainda corada nas bochechas e desviou o olhar.

James não tinha ideia disso.

Ele forçou seu olhar de volta para o dela e inclinou sua ereção contra ela.

"Termine o que você estava dizendo."

Ela gemeu e suas unhas cravaram levemente na pele dele.

"Eu queria isso desde que te conheci."

"Então me diga quanto você quer."

Não era uma exigência, mas um pedido, quando ele deslizou os dedos pelos seios dela, amassando lentamente sua carne.

Ele podia sentir o calor dela irradiando contra seu pênis, e ele estava fazendo o possível para não apenas jogá-la e levá-la.

A resposta dela o surpreendeu e destruiu todo o autocontrole que ele estava usando.

"Eu não quero. Eu preciso, James."

Seus olhos estavam fixos nos dele agora, e ele gemeu suavemente contra a pele dela quando ela se aproximou.

"Eu preciso tanto, eu sonhei por tanto tempo. Por favor. Eu preciso que você me foda."

Eu não podia mais negar isso a ele.

Ele não conseguiu se conter depois disso.

Ele a levantou até que a cabeça de seu pênis pressionou contra a abertura dela e rapidamente a deixou cair nela.

Os dois gemeram.

Sua vagina estava tão apertada em torno de seu pênis que quando ele começou a movê-la para cima e para baixo em seu membro, seu comprimento duro parecia ainda maior trancado dentro dela.

Ela gemeu e, usando as pernas para alavancar, começou a pular em seu pênis.

Seus seios saltaram livremente contra ele e seus mamilos gritaram quando ele se inclinou para frente e começou a chupar.

Ela gemeu e começou a pular mais rápido em seu pênis, impulsionando-se repetidamente.

Seus lábios estavam provocando seus mamilos, puxando-os e sugando-os, depois passando a língua sobre eles e mordiscando enquanto ela pulava com seus saltos, gemendo contra sua pele, enviando vibrações através de suas mordidas.

Sua boceta estava tão molhada que a umidade escorria por seu pênis, e ele gemeu quando ela intencionalmente apertou sua fenda ao redor dele, fazendo-o resistir mais a ela.

Ele inclinou os dois para que ela estivesse de costas na grama novamente e começou a bater em seu pau dentro e fora dela.

Samy gemeu ainda mais alto, suas unhas arranhando suas costas quando outro forte empurrão a empurrou de volta ao seu clímax.

O espasmo apertado em torno de seu pênis rapidamente fez James gozar também e ele bateu ainda mais rápido contra ela, rosnando quando seu esperma quente a encheu até cair em suas coxas.

Ele caiu para o lado, ofegante.

Então ele a puxou para ele, deixando beijos suaves no lado do rosto.

"Agora, levará mais cinco anos até que você seja corajoso o suficiente para fazer isso de novo?"

Ele sorriu e beijou o canto dos lábios dela.

"Nunca, James."

Samy sorriu e roçou os lábios nos dele.

"Bom, porque acho que não posso tirar minhas mãos de você por mais de um dia ou dois."

O riso de Samy ecoou pelo lago, e James sorriu quando se sentou e a beijou profundamente.

Definitivamente, este poderia ser o começo de algo muito interessante...

FIM